我愛憂美的睡眠

陳威宏　著

推薦序

我「詩」故我在

李瑞騰（國立中央大學文學院院長）

認識威宏多年，看他不停地寫詩，每隔一段時間就就自編自印小詩冊，那麼低調，且日愈精進，總為他高興。出版界稱此為Zine，一位插畫家古曉音著有一本《Zine，我的獨立出版：設計、製作、發行由我決定！》，說這樣的行為獨立、形式自由、印量有限，只與有緣人分享。威宏正是如此，可能印得更少；但對他來說，他完成了一件自己想做的事，意義是：我「詩」故我在。

現在，他將正式出版第二本詩集《我愛憂美的睡眠》，收入七十六首近作。我發現，他在目次的編排上，除了詩題，他在每一首詩中拈出一詞置頂，可以說是關鍵詞，彷彿是開啟文本空間的一把鑰匙。以〈核果仁〉為例：

威宏拈出的「荒蕪」一詞，出現在首段第四行：氣溫驟降，窗起霧了，因之而生荒蕪之感。這是標準的「物色之動，心亦搖焉」（文心雕龍・物色），重要的是「時刻」，因而有「詩」。其後二段，一寫寫詩之事，「寫完詩的手／還沒收回／空空的必須抓住點什麼」；一寫剝核殼，「剝開核殼／裡頭憂愁的那個／還是我／兩瓣小小，因告別不了秋季／而有多重皺褶的果仁」，行為動作都有其關鍵時刻，詩意流轉中自有其命意，抓住什麼？發現什麼？威宏接著用核果仁的「多重皺褶」來象喻，有詩眼作用，他進一步說發現自我之不易，以及「只有我／知道」：生命最核心的地帶「皺褶」了——

正層曾疊疊寫著
月亮的行蹤，關於我，缺憾的夢

寫詩是一件什麼樣的事？詩之內涵為何？威宏將不斷地探尋。這詩，當然不只是寫物，更是詠志，從景之「荒蕪」開展，收束於生命之「皺褶」。

我因之而想起，在威宏詩中出現的「詩」、「歌」及其「讀」、「寫」、「唱」，說明他的日常生活中充滿詩，「我用過多的詩來趨近靈魂」（〈撲火〉），「未成句的詩不斷點燃我的眼睛」（〈夢中人〉），甚至於想像，在「世界震毀之前／在石碑上／

我們拓下詩人的靈魂」（〈重生〉）。

威宏不經意的告訴了我們，關於他的「寂寞」和「孤獨」。在〈我就算是走過了〉中，他清楚辨認出「寂寞」的厚度，以致於他能「遠離擺脫」：

遠離擺脫：我，任由字裡行間
大徹大悟般迷路，而小巷
複義排列，誰也別想點燈不如捨下那企圖
留下那地圖。……

而在〈鍛造：夜之思〉中，他深刻了解「孤獨」這件事必須「容忍」，必須「視己如土／每分每秒地專神拿靈思／燃燒，以熾燄鍛鍊極致的光彩」。

這就是詩人陳威宏。他在他自己的芬芳小宇宙裡，輕唱星夜之歌；或者，一如成為礦物的明亮晶體，「以沉默敘述自身的完美」（〈硫磺：以沉默敘述〉）。

推薦序

沉溺夢中之美

陳政彥（國立嘉義大學中國文學系副教授）

詩人的意識調度詩中世界，雖以現實為材料，但透過詩人的想像力裁剪組合，便呈現出更迷人的平行時空。在詩句中，我們依循著詩人的想像，去感知詩人感知到的一切。想像力就是詩人最重要的力量，夢想的能力造就詩境的高度，因此法國詩論家巴舍拉完成地水火風四大元素在詩中表現的考察之後，最終以《夢想的詩學》作為其詩學的集大成，就是這個道理。

如果以巴舍拉的詩學體系來看的話，威宏的詩明顯屬於水的範疇。水的意象在詩集中隨處可見。首先看到的是雨，威宏直接為雨詠史，寫下〈雨史第一章節〉、〈雨史第二章節〉，這仍不夠，詩人甚至要大聲疾呼：「我可以把懷抱裡的黃昏／拿去寫，寫上一千次一萬次／而那場雨仍舊模糊」，怎麼寫也無法窮盡的大雨，匯聚成湖泊汪洋，即使酷熱夏夜，對詩人來說，也不過是：「我們握住同一顆星辰／聞潮濕的夏夜像遙無邊際的海洋」，這由情感與想像匯聚而成的文字之海，是詩人難以逃離的沉溺。詩人自道：

如果我勇敢涉水
如果海是苦，是缺憾的聲響
如果海
是你，我便用沉溺詮釋一生

沉溺是無法自拔，沉入水中也是一種主體進入異世界的轉換。巴舍拉說：「靜觀水，就是流逝，就是消融，就是死亡。」[1]因此不管希臘神話還是中國神話，生死的界線往往就是一條河流。在巴舍拉的詩學體系裏，水象徵通往異界的神祕通道，在威宏的詩中，此一異界往往是透過夜的樣貌展現。詩人說：「彰顯我在夜的罪狀／進入夢的監獄／分分秒秒，一堵苦的磚牆由我組裝」，即使在夜夢之中，詩人仍然難脫離沉溺的心象，唯有透過創作詩，靈魂才能獲得解脫。詩人說：「月光散後，我們成為最後的祭司

1 【法】加斯東・巴什拉著、顧嘉琛譯《水與夢》（長沙：岳麓書社，2005.10），頁53。

／眾生靈已遠去，冷寂的夜／隨潮汐的秩序攀附上岸」，我們可以清楚感受到，當日間的秩序不再掌管詩的秩序，詩人要為自己的詩境訂下規則，如同古老的祭司吟唱律法，必須是雨的，必須是夜的。於是乎，詩集第一首詩〈小夜曲・啟程〉作為叩門磚，早已暗示讀者進入這本詩集，將要經歷一場雨與夜與夢的冒險：

待黑影溶溶
夜色如貓緩慢地潛行
你便能
輕易吞噬我
這一片冷
有夢殘留的月景

威宏將詩集命名為《我愛憂美的睡眠》，想來詩人或許早已體會到自己詩性想像的屬性，不是熾熱張揚，也不屬自由奔放。只是那麼執著地長久思念著，流淌成一片自成一體的文字流域，這是威宏詩作的特色，值得同樣有著水般情性的讀者，一起沉溺。

推薦序

天光未明，但他的詩亮了

劉曉頤（詩人、中華民國新詩學會理事）

他總在天光未明的時刻寫詩。年輕如他，單純如他，在教書工作與家庭、撫育稚子的窄仄空間裡，生死疲勞，堅持捕捉縫隙之光。蘸著夜汁，一整團夜深的棉麻線，在他筆下，能拉得更黑更緊。在房間深處，他是「一面古銅鏡鎮夜無聲地燃燒」，微妙顛覆了時空。

他曾趁月光最濃烈時，化身「壞透了的霧」，或不時化身為雨，誠實優雅，「伸展身體坦蕩而透明」。憨直坦蕩，他謙卑地看待自己出色的才華。誠實優雅，加一點淘氣。一點清醒的夢幻，一點宿醉的透明。威宏寫著極致精純的詩語言，「熾焰鍛鍊極致的光彩」。

天光未明——帶著疲勞，他選擇在不那麼精準的時分，以精準的詩語言，切割甚至凌剮自己，是以，「滿湧雙手皆是詩歌的血」。複聲歌唱「穩妥的猖狂」，抓著連呼吸也不能決定的「自由的疼痛感」。或者，無人知曉的時分，神祕地玩起自由落體，旋轉抑復墜落，無論長短句或變體的嘗試，他都能駕馭自如，並把持美學節制。

經常疲勞，而他愛憂美的睡眠。回歸到底，他只是一枚小小的，微澀的，有養分的，「憂愁的C」。終究他如此純赤，「剝開核殼／裡頭憂愁的那個／還是我／兩瓣小小」。對於詩的堅持，他也有迷惘的時候，「寫完詩的手／還沒收回／空空的必須抓住點什麼」……究竟是甚麼潮濕或偏執的，給了他「難還抵的債」？

他是黑夜，是「比喻的鴿」，以「靈感背負影子」。偏偏他又等待夜，等待「純粹，善的微醺感」。對於文字，威宏秉持高度審慎的詩美學，矜持，而不時詼諧自嘲。「詩人只不過是在紙堆中／想威武，尋找一枚未曾命名過的影子」威宏自況，但始終無悔。他果敢堅信，「凝視亦是敲響，相信詩的火光」，「我必須使某一刻再次閃亮」——

天光未明——他亮了。他的詩亮了。以最安靜的凝視，敲響混沌。他不是信徒，可是，他的詩，如聖靈翩行於黑暗的淵面。要有光，就有了光。因為，威宏是個真正的詩人。他的詩，不是逃避現實的嘗試，而是一種賦予現實以生氣的嘗試，如曼德爾詩塔姆說，藝術是一個尋找肉體卻發現了詞的靈魂。莫非他的存在或他的書寫本身，就是藝術？威宏的掌紋。威宏的力道。屬於威宏魔幻編織的指尖……其人如此清淨，其詩令人觸痛中驚喜，眩惑中望見天亮。

其人其詩，貫穿密度飽和鍛造的質地，不時有絲虛瞇著眼倒流的細風，流質的穿透。一位真正純粹的詩人，這是我對威宏的禮讚。

這是一本令我驚豔的詩集。

在連詩都偏向浮泛的世代，在連詩壇都已混亂的時代，欣幸擁有這位詩友。

在我經常忙碌疲憊的時期，感恩擁有為威宏新詩集留下推薦文字的機會。因為他，我再次經歷了自己堅信的美好。

這是我們共同的信念與默契。

二〇一八年六月十一日

名家推薦語

艾蜜莉．狄金生曾寫下一句「心靈選擇了她的社群」，而後詩人袒露其心，由此堅靜不移地，安居其中。對威宏而言，那社群便也是詩、是夜、是眠夢之間的漫遊。威宏自上一部詩集《夢遊幻境》到新作《我愛憂美的睡眠》，夜與夢，絕對是遍佈行句間的關鍵字，思維之角落，以此拮抗於俗世日常，他的詩因此顯現極其內向的敘述氛圍，一如他的人，內斂、真摯、又全心一志；每個隱喻引領著讀者穿梭於夜之幽暗，直探意識底層的夢的解析，握筆的掌紋裡藏有鹿群、雨史、鴿之比喻。然而除夜夢之外，詩人耿耿於心的，始終是詩、是承續此一神聖行業，因此寫詩、讀詩、寫壞的詩、寫少年的詩、趨近靈魂、守候火光、黑夜，或藍色的火焰，「除去寫詩，我該如何記得這一天？」我該如何記得每一夜、每一天，除去了詩？於是讀者將會明瞭，詩之於威宏，終與夢與睡眠同義。

——李時雍（作家）

像銅鏞的鐘擺在廢墟牆面兀自競走，滴答著古老奇奧的語言——某種原始且早已消逝不再被言說的語言，以神祕的波長傳遞聲線再度被詩人聽見。因此在詩人的睡夢裡：月光可以擴張她的牧場餵養文字的牲畜；當眼睛高掛黑夜，故事便能連線成為星座；因為愛，流質的時間亦將永不冷卻。陳威宏以久釀的字詞，對我們說微醺的夢話（或謎言）。讓這些熟成的詩如果實，在語言的攪拌器中壓榨粹瀝，篩漏出屬於他個人靜謐又銳意的香氣。

——姚時晴（詩人、《創世紀詩雜誌》執行主編）

抒情消逝的年代，陳威宏作為一個煉金術士，以日月星辰，以四季，以風雨，以生命的飛揚與沈潛鍛造一個抒情的小宇宙。在這個小宇宙，詩人為我們重新定義色彩、氣味、聲音、光線，彷彿是逸出日常軌道上的夢遊，讓可以歌，可以哭的靈魂都重新得到安頓。

——曾琮琇（臺灣大學中文系博士後研究員）

城中之城，喧鬧之街，讀威宏的詩如仰望星夜之歌，在城市裡有一種奇異的荒靜感，他的詩心接續浪漫派的執著之美：「我飛，我無悔墜落」、「此刻且為我聚散一喜」他的詩情與人同悲：「苦絕的你，何時決定將自己活成／一枚悲凝的水滴？」他的詩境壯闊萬千：「誰在宇宙讀詩不下雪」他的詩語偶爾飛過新月朦朧派：「夏天輕聲說：勿忘我」。在母親的病房讀威宏的詩，哀傷被詩催眠，寂寥被詩驅趕，詩降下芬芳，甘露灑滿迷宮花園。威宏的詩是心之鏡，反射了心與物外的光暗。靜靜地勾勒著舊憶與纏繞的心線，在耽美的憂傷裡，詩人說：「我沒有那麼甜」。於是我跟著威宏的詩一起「修煉日常的腐朽」，目睹每一個流逝的心地風光，憂美的夜未眠。

——鍾文音（作家）

威宏的詩像一個偌大的潘朵拉盒子，詩人熱切歡迎你打開，好進入他憂傷又美麗的夢境，任何人生風景，他都小心翼翼以詩句珍藏，尤其是，詩的永恆初衷。

——顧蕙倩（國立台灣師範大學助理教授）

輯一　預知夜的眼神，我回應

輯二
孤獨的蜉蝣的雨的考驗

輯三
打擾。愛聚散

輯四
祕密徒然的邊境

輯一

預知夜的眼神，我回應

小夜曲・啟程

醒來吧！我歌唱的魂靈
在凍壞了的冰河畔
崩解腐朽的地衣
平復我
落足的悲傷

沒有風雨
沒有雷霆電擊
讓情愛如同細胞
或雲朵

在天空無瑕的鏡面上
兀自變形

待黑影溶溶
夜色如貓緩慢地潛行
你便能
輕易吞噬我
這一片冷
有夢殘留的月景

二〇〇七年六月七日
《新大陸詩刊》第一六五期，第二十二頁

晚禱

獻上摯愛的牛角
我願割下自己
滿湧雙手皆是詩歌的血
（我不再羞恥，靈魂的癢
也該飛走，成為一片赤裸的癡心）
一瓣蘋果是唯一的慷慨
飲下新鮮月光
更濃烈的，我是壞透了的霧

（懷疑是病，一疊厚重
潮濕的，給你了難還抵的債）

彰顯我在夜的罪狀
進入夢的監獄
分分秒秒，一堵苦的磚牆由我組裝

（太陽並非原諒，是日子
殘缺的影：不是我的，那不只是我的）

沒有人可以拯救
默念咒語，黑暗使我溫暖
而不溫柔……此刻，我必須深陷其中

二〇一七年四月十五日

滲透

讓光滲透進來
滲入我濃濁的血液

再

走過高牆，成為大衛手裡變出一束花
走過圍籬，成為德蕾莎皺紋亦微笑亦吻
走進泥濘，成為豬一般隊友但最純潔

走近，仍舊不能和藹

盼求也好的。你，至少一次
為我
暗藏玄機

二〇一七年一月十八日
《文創達人誌》第五十三期，第一七六頁

羨慕

我羨慕可以推倒積木
卻不在乎是否要重組的時間

我羨慕能寫壞的詩而無所謂的人可以
回到最原始的野蠻可以
拿火炬炙燒自己可以擁有
堅實不摧的聲音
可以回到你

然而雨下了，晦暗的一千種限制思維

控制著窗，又再延續
　一條條
斷，且凌亂的路。關於
未來
　想像的歌
我還是不能妥善翻譯

二〇一七年四月五日
《臺灣現代詩》第五十期，第三十九頁

月亮青春期

青春期的月亮
害怕露天汽車電影院
害怕黑白的奧黛麗赫本
害怕愛情劇，期待吻，但恐懼
你會問電影的嚴肅議題

月亮不怕分離，因為你
獨自散步總會回來
夜裡自給自足不怕誤解
個性陰鬱偶爾有雲，仍是

以星空寫詩的少年，想翹課
插隊去看宇宙皮膚科

別這樣柔情看他
月亮喜歡你，不過是
臉上有痘，你節日的眼神太黏膩

二〇一五年五月二日
《創世紀詩雜誌》第一九〇期，第五十八頁

夜跑障礙賽

貓　越牆速行
月　破雲疾走
時而前，忽而後競跑著

是誰的影子如弓如弦
此刻，拉出雨的琴聲
劃過夢境的草葉

灑下了純白音符，點成
蕙蘭遍地星光

二〇一七年十二月十六日
《吹鼓吹詩論壇三十二號：文字有氧　筋肉魂靈
——運動詩專輯》，第五十七頁

跳水項目

蓄積數世的能量
我曾經浮沉，來回的生來回的
死……如今再立雲端
果斷欲絢爛

作為雨的誠實優雅
我伸展身體坦蕩而透明

追溯一石階，一屋簷
或一場奔海的曲流

象徵輪迴：我未盡的修行之路

躍——
瞬間翻騰，動作
　速轉，此生回憶
片刻閃。視。走。馬。燈

入水
啊開一朵野菱花
我終於回返摯愛的母體

二〇一七年十二月二十三日
《吹鼓吹詩論壇三十二號：文字有氧　筋肉魂靈
——運動詩專輯》，第五十六頁

走入過去

成為血的一部份
走過落葉的肺，如常呼吸
假如這條路曲折滿佈荊棘
走入過去，那也屬於
無人取替的你

祕而不宣的傷口
盡頭就在那裡：光在背後
你憶起自己影子的樣子
宣告黑夜已經不會使你更痛了

神話與你還有約定
走出去看，晴朗的日子雲還很高
此刻你要望著它
但不要急著墜落凡間

二〇一七年九月二十五日
《文創達人誌》第五十三期，第一七八頁

月夜：牧羊人

的確有力道在那裡
像天空允許月光
一點一滴擴張她的牧場
可惜，可惜總有止盡
並非允許我
牛羊成群
你就將一團夜深的線
　　拉得更黑更緊
掌紋。力道。魔幻編織的指尖

命運仍在暗示的柵欄間
我彎曲自己，數數字
好好皺褶了日子說感謝

用筆作新鮮苜蓿
餵養沉穩的牲畜，至少要
讓牠們悠哉晃蕩
接著一隻一隻，又一紙

二〇一七年一月十日
《葡萄園詩刊》第二一四期，第五十八頁

身與傷

人生不相見，動如參與商。
今夕復何夕，共此燈燭光。

——杜甫〈贈衛八處士〉

我像雲，啞巴
手勢繁複善於編織，偏愛說謊
像馬車
向遠方毅然疾馳
又以
　懸浮塵土
　留下
一些線索

還能再說什麼？
曾經坦誠的話沒有留下影子，如今
我已是那顆白矮星

黯淡的光年
朝向你
　一圈
又一圈
繞行

閃爍：唯一確定
的是彼此
不能再更靠近一些了

二〇一七年三月十二日
《葡萄園詩刊》第二一五期，第七十七頁

動靜

沾黏花粉飛揚的蝴蝶翅膀
透光陰影的松果
小徑，落英繽紛的地毯

即使是如常的變幻
你呼應了時間
我還是不能認定你是——

暗盞的燈
滅了蹤跡的螢

遠方未清晰的山稜線
是不是還有
一抹意志的黃昏
我就該感到安穩？

從此
將那些齟齬
視為人世最佳的善舉

二〇一七年四月二十五日
《創世紀詩雜誌》第一九三期，第四十頁

四月

不過是四月，杜鵑紛然
零落如過敏的四月
街頭盡是傲然奔波的人浪

不再追問結局的獨傷感
不再寫實著高音
殘酷的歌劇此刻紛紛停止了

花朵，辨識自由的旗幟
一朵炫耀，我們別在胸前的小城

相約來世在櫥窗前拚命書寫
朗誦吧！在起風時刻
融入我們語言的繽紛
在杜鵑零落而桐花悄然開啟的四月
在無法停止寫詩而深深過敏著的四月

二〇〇九年四月二十七日
《文創達人誌》第五十四期，第一七四頁

核果仁

有時氣溫驟降
我會害怕那是否
窗起霧，就要開始了
荒蕪的時刻

寫完詩的手
還沒收回
空空的必須抓住點什麼

剝開核殼
裡頭憂愁的那個
還是我
兩瓣小小，因告別不了秋季
而有多重皺褶的果仁

沒有人看到
或品嘗苦澀的硬度
只有我
知道：那皺褶
正層層疊疊寫著
月亮的行蹤，關於我，缺憾的夢

二〇一七年二月十三日
《更生日報》副刊二〇一八年二月十五日

我以為自己

我以為自己不是爝火的
一面古銅鏡鎮夜無聲地燃燒
在房間的深處

光陰給了你
隱喻的花朵給了你
半片迷醉燦爛的夢給了你
如今，在燈下
寫詩的雙手
我深深淺淺的壓痕

對你，都已簽署好讓渡
原地照見雙腳的灰燼
不能走的可憐
甚至稱不上是一種犧牲
猶如一陣吹散的白煙
黑夜的冷，我從此再沒有好的悔意
可以立足

二〇一七年七月二十九日
《葡萄園詩刊》第二一六期，第一六五頁

沉積

時鐘聲。窗外月色。我曾說的話。
棉被下的體溫。鹽。真實報導。
空氣。糾正後的祕密。我沒能說出口的話。

明信片則不是。

二〇一八年二月五日

敏感

死亡。螞蟻的爬行路線。星期天。
鹿的餵養史。花園。咖啡。你曾說的話。
菸味。雪的新聞。你沒說出口的一切。

掌紋。燒至一半的
線香則不是。

二〇一八年二月五日

憶某日夏夜

一盞燈靜默說不出話
我並非困惑並非畏懼黑暗的使者
放牧的水漬生活曲折
那不過是一張泛黃的紙片
如果你也同樣醒著
就懂得亮起兩盞寂寞微弱的火

我們握住同一顆星辰
聞潮濕的夏夜像遙無邊際的海洋
是誰將細節稀釋取悅了時間剩餘
除去寫詩，我該如何記得這一天？

二〇一七年十月二十二日
《文創達人誌》第五十五期，第一七〇頁

秋天的一個總結

打開窗
灰褐色的十一月
不願看顧秋天
它已失散一隻眼睛

落葉伏身，我願成為風
還帶著冬紫羅蘭的花香

看過了煙火，語字瀰漫
散開擴成邊陲的大霧

雖然我讀書仔細活在此刻
安穩卻遲到了數千年

避免對時間過度敏感
如同思緒，瞬間高飛有多好

誠懇向隼鳥說明季節的難處
我願隨你
總結那是極好的夢
再一次靜謐，站在日常的枝頭

二〇一七年十月十九日
《葡萄園詩刊》第二一七期，第一六四頁

輯一

孤獨的蜉蝣的雨的考驗

我就算是走過了

無盡的葉片掉落
夜的山脊。聽，冷月光
細長的手指
羅織黑衣裳羅織浮萍的夢有深沉迷惘
有多少？寂寞是可數名詞
我知曉我還能辨認
它今晚讀起來的厚度

遠離擺脫：我，任由字裡行間
大徹大悟般迷路，而小巷
複義排列，誰也別想點燈不如捨下那企圖

留下那地圖。即使不是可能的
不是最好的，你，怎麼走都好最終
你定能尋得萬神殿放下我的骸骨

鬍鬚冉冉的平凡日子
我此生監禁，坦誠，無怨尤像棵盆栽
陽光斜過，我就算是走過了嘆息橋

二〇一七年三月三十一日
《台客詩刊》第八期，第五十八頁

鍛造：夜之思

能否為來年的夏季
打造釉的質感？如果你
可能是那一疊鍋碗瓢盆
而你仍不疲累，還能接納炭火

畢竟孤獨的一回事
就是容忍：視己如土
每分每秒地專神拿靈思
燃燒，以熾焰鍛鍊極致的光彩

相隔億萬光年，你是睡了
或醒？開窗餵你火種，我有私心
永恆的光，一道色澤良藥使你療解
不要再惜悼溽暑的煙花
即使等待，短瞬，仍太燦爛太美好

我是星，神話殘酷的手工藝
我是神與神，神與你
坑疤廝殺，構成浩瀚絕佳的作品
高溫封閉的天地裡，願你我
悔恨們驀地頹圮，一同灼熱

回憶的手指擬塑堅實的夢境
甦醒可獲重生，沉潛再傾城

二〇一六年十一月五日
《華文現代詩》第十二期，第一〇二頁

待月時刻

黃昏不說話
映著我，在紙上單腳佇立
鷺鷥的哲學：那是冬陽的歸處？
我誠懇探問四方開展的阡陌

路燈是等距的暗示
影子也願伴遊，拉著我
以柔光刻畫不精準的輪廓
抽一枚靈思作來日飛翔的箭羽

時間不過是鼻子上一個
神化的名字。仍歇。下一刻是雕像
還是寂寞島嶼？雨未臨烏雲未聚
一場全新的對峙等你為我開啟

二〇一六年十一月二十四日
《台客詩刊》第十一期，第九十頁

雨丈第一章節

寫我：填入一個個
方塊字絕聖棄智
是魂魄也是我輪廓
太初渾沌的回憶
以祕密，以撮口呼
取夜最深的月光開啟

保有鳥遺族的習性
我飛，我無悔墜落
單足做喙一次次紮實啄地

下到最深最硬的岩裡
筆畫滂沱，無盡的齟齬
杯盤狼藉童年與蒼老

奉獻與毀傷的交錯，輪迴中
誰能洗去我歷史的髒汙
來一場斜風：舞，曾如雲飄散
此刻且為我聚散一喜

二〇一七年一月二十四日
《創世紀詩雜誌》第一九一期，第一一四頁

雨史第二章節

不同的筆觸相同的徘徊
不同自以為是的落相同暗香的木樨花
相同的季節再次重衍的世界舞臺

切半洗滌後的月
更輕盈隨興

我不確定鞦韆是否惦記著風
只確定我不再是遊樂的人

二〇一七年十月二十九日
《乾坤詩刊》第八十五期，第六十一頁

天空

氣象報告：未來一週將會降下和平的雪霜。此刻，讓我們隨寧靜的土壤平躺，隨變化的雲融入永恆的悲壯，所有銘刻記憶的時間，都是悲壯的。待我們再度回望時，牆角持續有標語凋零，而車票暫歇，日記可再寫了。

二〇〇七年十二月十四日
《台客詩刊》第七期，第一三〇頁

撲火

並不是寒冷的雷響，這些日子總淋淋得狠，我用過多的詩來趨近靈魂。對你的愛不能歇止，藥水難嚥，砲臺膠著成雲。

狼在不遠的山間嚎叫，戰火漫延，正是呼吸困難的首晚。

而你捨不得錯過任何一名戰俘。

二〇〇七年十二月七日
《台客詩刊》第七期，第一三〇頁

情誡

當我咀嚼果凍般的詩，最後一刻，你高舉鬼魅的言語，一朵朵，甜膩的夜色，都用來痴惑路過的人群。緩慢的步伐，什麼都冷。我只剩下燈籠的大大紅心，尚未貫徹的情誡數十條。你的叮嚀：「孟婆湯勿多飲，橋頭的水又將時間漫延了。」那麼，下次可否再寫詩呢？

二〇〇七年十二月四日
《台客詩刊》第七期，第一三〇頁

夢中人

最美的抵抗，我沒有仰首提劍
那是靜，夢躲藏：時間為我捉刀
髮飄散如夜色，夜色猶狼雨滂沱

在生活，在間隙裡的黑暗
未成句的詩不斷點燃我的眼睛

用皺紋的惶恐組字綴句
將我窗外的乾涸填補成一條曲蜿的河
月流光，誰固定臉色的愁影？

詩人只不過是在紙堆中
想威武，尋找一枚未曾命名過的影子

來回走遍，每日鏡中
一條道路如此沉默
凝視亦是敲響，相信詩的火光
我必須使某一刻再次閃亮

二〇一七年七月二十八日
《文創達人誌》第五十三期，第一七七頁

陌生人行走的姿態甚好

蝶飛，似水輕盈，如春日
湧起了奔騰的浪。正舞著
噬著誰：心頭深刻的癮

二〇一一年一月十三日

沒想到，我們會離散得像雨

街道上無數的陌生人
直的，橫的，一路迤邐而來
揉雜昏黃的燈光
沒有人撐傘
只不斷穿過我們
走在相同的路
卻各自
　赴各自的宴

二〇一三年七月二十六日

寫黃昏寫雨寫你

我可以把懷抱裡的黃昏
拿去寫，寫上一千次一萬次
而那場雨仍舊模糊

你瀟灑地走
像是將整個世界的雨都扛在肩上
濕透了，也要無悔向前

如同分心聽新聞報導
我不能辨識僅存的篇幅裡

你有哪一句話是道別

遮掩的天空
弦音的演奏原來都屬預告
我眉頭警戒的星座
此刻仍會透出眷戀的恨

留下我質疑的筆
盡情改編未來
而你不再反駁任何的可能

二〇一七年八月十六日
《華文現代詩》第十五期，第一二三頁

當黑暗時，你是黑暗的

我在心上寫字
全力拚搏
鑿刻深淺不一的痕跡

打造嶄新的荒蕪
冗長夢囈為我輝煌的廢墟造磚

當黑暗時
你的一切是黑暗的
（是不是）無後顧之憂

只為了更靠近
專屬我潛沉陌生的哀傷

我懷疑還有執拗的步伐
能回到第二幕：

你的諾言還沒說完
雨還沒有淋濕我們
我還以為
那是天色將暗未暗之時

二〇一七年九月十七日

錯摺——讀李夏苹《鹿就是這樣變成馬的》

依照做法：山線
朝外，谷線向內
偶爾反轉，攤開小日子
成為摺紋重複的我們

摺，痴心妄想
我們是不屈不撓的，靈感
絡繹不絕，摺
我們發現錯，再摺

唯恐——
忘了初衷
在紙上，掌上，心上
複刻。此生屬我們的挫謫
也願為錯哲

而
鹿就是這樣變成馬的

二〇一八年三月十一日
《文創達人誌》第五十七期，第一五八頁

讓雨落下來

不要再浪費謊言
在生活裡，就讓雨一直落下來

你這樣走過
我要讓時間繞著
將自己蝕成一只鏽透的鐲子

不要再面對湖泊打水漂
不要再碰觸我的心
它已不在身體裡

即使還是有個漩渦
容易攪動，但我
因為你已經那麼傻了

你夜裡森林的隱喻
新月冉冉，還能對我說什麼？

二〇一七年十月一日

然而，我已沒有去處

為了避免腐朽
終點走來之前
我努力保持平衡

在水面醒來
像一片飄落的葉
面對錯誤的片斷不能連續的季節

他們說
幸福就是

面向遼闊的海洋
天空的藍不可能更多
放下地圖，你還期望什麼

然而，除了尋找
我已沒有去處

二〇一七年八月十七日
《文創達人誌》第五十五期，第一七〇頁

可惜了

可惜了街市竟夜的光明
何處是喧囂的盡頭？如魅
詩意的傍晚，人影幢幢

一盞盞的嘆息都點亮
多餘的是我，一盞
節奏緩慢的走馬燈在走

搜尋漸熄的狼煙
也好，望向窗外

彷彿我已到了最後
被寂靜的大雪所覆埋
仍伸出手
向上
以微顫的指尖
交疊一層層
　偏執的輪廓

我還在等你
你，會否赴我？

二〇一一年二月七日
《吹鼓吹詩論壇三十三號》：凝視鄉愁
原鄉／異鄉專輯，第五十五頁

凝視

錯綜複雜的小徑
我走進去，讓自己深陷其中

湖泊垂降靈魂，深綠色的
貪婪啜飲睡眠的眼睛

避免傳染，避免愛
即使我努力躲開關聯和隱喻

還是不能抗拒
時間皺褶，祕密萬分巨大
隱形，不說話就不會有漣漪
奢侈也是口袋裡的石頭

我還站在原地

二〇一八年一月三十一日
《掌門詩學》第七十三期，第八十八頁

一部分破碎七月的開始

腦中的烈陽
此刻，迴旋，我讓它滯留

好想說：
我們不如就
在清澈的湖裡游泳

選擇：沒有把你的輪廓上色
漸漸成為黃昏
那是我哀愁的原因

遺憾又倔強地
克制一切

天空終將黯澀
成為我
窗外
一部分破碎七月的開始

仍有愛
獨自守著
流質的時間並不使我冷卻

二〇一七年八月十九日
《野薑花詩集》第二十四期，第一四五頁

輯三

打擾。愛聚散

我沒有那麼甜

不是你想像過的
不是你嘗過的
我不是那樣

左手給了你蘋果
一顆金漆擦了邊的夢，讓它抗拒
衰敗不要是最後燒成的神話

坐下，暫且放置獵弓
我來為你擦去汗水
編織一場未知的冒險

（你要終止我的等待）

讓透明的開始顯色。冷卻的開始暖熱。
月亮的開始太陽。雲的終於開始窗。

鬢角，眼窩，鼻。
嘴唇，鎖骨，心。

（複聲歌唱，我穩妥的猖狂）

你聽：宇宙變奏的隱喻無止盡地在擴張……

二〇一七年四月十二日
《從容文學》第十二期，第四十七頁

看海——讀陳雪《惡魔的女兒》

我彷彿已誠心祈求
五十七次，盡可能在濃霧中
變換語詞與說法
暗示故事存有其他可能的結局

譬如鐵鏽苔生的燈亮
譬如剛好駛進港口的渡輪
讓浪花拍打上來

如果我勇敢涉水
如果海是苦，是缺憾的聲響
如果海
是你，我便用沉溺詮釋一生

帶走我。黃昏，即使明天
你還會來，天空重覆的迷醉
給我餘溫，即使其他都是冷的腳步

二〇一八年一月三十一日
《野薑花詩集》第二十五期，第一三七頁

有事聽話

有些話被歸納成預兆
有些聽起來像祝福
或是讖言。我的耳朵不在現場

有人總喜歡風箏
拉得很遠，不顧一切，就眉飛
色舞飛，命懸一線地飛。幸福

自由的疼痛感
我必須抓著，呼吸不能決定

天空擴張的速度。你也知道未來
還沒來，關鍵的一刻，我放手：
是不是越黑暗
寫字，越是愛天燈

只要一句話就足夠熾烈
只要和天空接吻
我就能燃燒，不確定的下一刻

飛翔或墜落。總是這樣：
有人來有人離開有人
什麼都帶走有人顧忌一條路的盡頭

總是，有些時候我想做決定
你卻拿走我的眼睛

二〇一七年四月九日
《文創達人誌》第五十四期，第一七二頁

等待夜・純粹

悄悄，聽自己的影子
踏步傳入黃昏的耳裡……

夢還太冷，頭腦尚醒覺
原諒我折疊的雙手
不能滋滋作響
不能成為你的蠟燭
從口袋拿出來恣意燃燒

是誰確認了孤獨的眼

是我晦澀，銳利鼓聲還是
亟欲奔馳的夜？輪廓還模糊時
就流出細緻的淚

聽著，確認一顆顆菌種
朝心裡沉澱下來的黑葡萄
我知道釀造詩：
惡，微生物的變造過程

等待夜。純粹，善的微醺感

二〇一六年十二月四日
《華文現代詩》第十三期，第一〇八頁

詩人是黑夜，比喻的鴿

詩人是黑夜，比喻的鴿：
靈感背負影子
一朵或數朵的白雲離地而飛
掠過極快的秋徒手抓不住

狗依舊蒼白。筆是捕夢網
逸走的孤獨才願停留

多年後，誰是天空的攝影師？
誰還想對時光奪取更多的僥倖？

抬頭的瞬間：樹枝間交錯的月光
暗中照鏡
彷彿知道倆人相似的臉

二〇一二年一月二十三日
《秋水詩刊》第一七六期，第九十一頁

曼克斯種的貓——讀吳爾芙《自己的房間》

停下，若有所思
一隻曼克斯種的貓輕輕走過草坪

當他還是男人時
泡沫歡聚的宴會，雞尾酒，下午茶話題
說了什麼而不甚歡快的責任感
人生曾有過的凝結

突然，理解——
意識的白鴿
朝向前方延伸
展翅飛去

注視許久——
如今，不再抗拒雲朵
即使暗示還沒清晰
一次次刻寫在毛線團的白色天空

二〇一八年二月三日
《乾坤詩刊》第八十八期，第八十四頁

晨起

不做昨日喧鬧的雷電
瘖啞的天空也沒有太陽
當雲還滯留的時候
我已埋葬好霧一般的晨夢

未動聲色的一天
不能確定禪悟的方向
豎一支素色旗幟
將開始從睡眠的土壤中
突醒奮起

二〇一七年十月九日
《臺灣現代詩》第五十二期，第三十九頁

應答——夜遊維多利亞港

比最快的慢，比優雅的
開朗，故人在煙花的背後躲藏
逐日褪色的漸層裡
誰會留在原處，成為那顆櫻桃酸紫色的
夢，有勁卻無關勝負

你聽：路燈是對，命運暫且寂靜
潮來潮湧，晴雨的縫隙之間
維多利亞港只願說愁的新形狀，你且聽聽

黑暗再多了像螻蟻，還是不免要
穿越光渴望幸福的癮
今年我要染上吉貝樹的坦然惡習
留你一人做憂愁的C

二〇一八年二月四日

學習

聆聽宇宙的腹語
遙想一個古老時代的存在
雷聲來了，我閉上眼睛

語字尚未金屬銳利
所有的繁衍正在開展
雲霧比夢善於編織更寬容適合蝴蝶

我或許瘖啞沉靜
將自己站成一株白色曼陀羅

成為撫傷解惡的藥
等你的時候
我要學習呼吸良善
學習吐納美的極限深邃

二〇一七年九月十日

一個早晨——讀辛波絲卡〈墓誌銘〉

我總是遺忘
勾勒晨光的軌跡
總是忽略
向你補述預感的影子

我還不夠明瞭這座城市
無數街道曾為我畫出的肖像
關於錯失的美
我要坦承自己的罪過

一點點搖曳的火光
彷彿是真誠擁抱
如果你點燃最後的蠟燭
就能溫暖整座墓園

對我說生活的瑣事
美的回音就在虛空中愉悅奔馳

二〇一七年十月二十一日
《臺灣現代詩》第五十三期，第四十六頁

在野餐墊上——讀瑪格麗特愛特伍《盲眼刺客》

在野餐墊上，停格
靜默遐想：將一場
迷人的戰爭鋪展開來

漂浮的島嶼，是你，還是一座
蔥蘢蓊鬱的森林？無人在壕溝裡散步
為你躺下只有沉靜的睡眠
「我會攜帶一枚初五的月亮」
你說。剛好和我早餐找來的零錢
一起放進上衣口袋

咖啡續得很快，三明治則被黃昏
餵養著，沒有故事沒有祕密躲藏的議題
只消編織黑夜的音符，你與我
流暢清晰的歌曲

我們是漂流的子民厭倦漂流
棄舟就岸，已找到
適宜久居的板塊

如此接近，那樣見證我們
如攀登迸發的火山
無懼萬物的
吻，在下一秒鐘
灼傷

彼此就將
焚
毀

二〇一三年九月三十日
《文創達人誌》第五十七期，第一五七頁

書寫的女人危險——讀瑪格麗特愛特伍《吃火》

妳拆開舊式藕色棉襖的生活，眼神是勾針的狼，十年不嫌晚在沙發上蟄伏夕陽。如今散開它的理路，奧祕開朗了夜：黑暗是柔順、繽紛、輕佻且野性十足的絲線。

倖存海妖之歌的英雄終於自宇宙歸鄉，重返佈滿蛛網的寶座。妳還在無盡吐絲，直至耳朵被朗朗拼字，填滿，仍不願停止。他渴望妳，渴望妳再次以流星穿引。卻是風吹過音節的縫隙，使妳躍躍編織新的霓裳。

現在，看妳要用燦爛織錦包裹他的朽木，還是莊嚴廟堂上將他束成去根的新鮮供花？

二〇一四年八月十九日

《從容文學》第十三期，第三十九頁

義式

如果椅子空白，凝視不堪的泥濘，火的燃燒。那不過是髒的思緒，喝鐵屑般的咖啡，吃徒具形式的拿破崙蛋糕。貓不理下午三點的時鐘。另一種形式的行走：填滿稿紙，鏽了的鐵窗花紋，健全心志的三色堇盆栽。用暖陽，鏟開雪的碎片。找出七個不同錯誤，再離開。兀自走過，我就是無後顧之憂的夢。

二〇一八年四月十六日

疑似

還沒成為夏洛萊羊，如果不問下一步，就放牧好肩膀。東北藍海懸崖，遠山慵懶的霧，使我想起看書的責任。仔細畫壞一百次，是錯的雲，是白玉製象，是沒有你的門窗。輪廓，撲克鬼牌，笑話，是抽象未解開的夢。把失眠傳染給我，那屬於六年前的信。就連想你也心不在焉。盤子，馬克杯緣，停好的腳踏車。我想，時針分針再過去一些，鐘響，應該有具體偉大的事情發生。

二〇一八年四月二十四日

軼事

傳說之後，缺少可以說話下去的人。那屬於誰？不安的第二種版本。終於我們抵達了魔境，稱職翻譯刺桐樹火的群舞，白掌長臂猿擺盪林間的弧度。不能忘優雅的月蝕，流星飛逝，不能忘在河上漂流，不能忘我們曾做好的決定。決定發生，那時還沒發生的一些。

二〇一八年四月八日

鍛鍊

說穿了碎礫，也不過傾其一切的寫。一輩子。如果沒有筆，背後千萬年的沉默也要壓縮，形成動人大敘述。隨風輕騎至盡頭，我有時耐心等待考古的熱情興趣。決定誰是說話的人，但不要決定傾聽。看不合時宜的消波塊，有漫步的兩三人走過僅存夏天。恍然有悟，是不是下雨，下了雨？不過在想些什麼，是我遇見那個機遇。

二〇一八年四月八日

融化的奶油蛋糕

願望許得太久我知道
有那麼一刻。終將——

靈魂起了烈焰
像原本沒有名姓的白紙
蛋糕曾被塗寫：
灰燼，光彩奪目的欲望

寧靜，記憶也不能到達
的小巷，不能把腳踏車停下

不能偷偷寫日記談論理想
一瞬，青春衝動——
蠟燭的夢，火柴一瞬的莫名閃燃
誰還能聽聞無關的下課鐘聲
享受愉快的囚禁與作業？

無法重複一次
無法再一次，去演奏
童年的倫敦大橋

大橋就要垮下來
沒有接到通知
而我，還在上頭

二〇一四年三月十五日
《文創達人誌》第五十七期，第一五九頁

浴火鳳凰：西藏自由之歌

不去遮掩魂魄的痛
苦絕的你，何時決定
將自己活成
一枚悲凝的水滴？

在熾焰中浴火昇華
超越人世紛擾，你是：
自由的蒸氣
一隻鳳凰凌空而起

成為星宿，你穿上五色的彩衣
你驕傲的桂冠擁著德
羽翼紋寫了義、禮、仁、信
一次次，我們高舉你的名字
犧牲彷彿燃起了火把
漫長無盡的夜便未曾暗去

痛惜非人哉。而你
終能飲食自然，自歌而舞了

二〇一六年三月十二日
《吹鼓吹詩論壇二十五號》半人半獸人性書寫專輯，
第九十三頁

明瞭

風舉起拳頭
穿越窗，擊響我
在十月的心臟
一個守持寒冷的定音鼓

曾經屬白多麼嚮往雲
如今終究是明瞭了
它怎麼自由也從沒走出過天空

緣結於此仍有純潔
成為後悔的詩人衣帶漸寬了
我不會再失去
任何無法明白的事物

白色的月仍有致
與我一同疏淡了週二的夜晚

二〇一七年十月二十四日
《新大陸詩刊》第一六八期，第二十三頁

硫磺：以沉默敘述

彷彿那是修煉日常的腐朽
是誰標註我的一行字，竟以記憶
戳點，戳一點微冷的暮色
延伸出漫不經心的黑暗

使我流動濃紅的血
燃燒，詩意的藍色火焰

無人能懂的偏執
守護交錯流動的夢；我曾經投身

挖掘地球最核心的底蘊
願為古樸的輝煌

使液態凝結固狀，使回憶
重新編寫讓分裂與融合自然地滋長

即使站在軟弱這端
即使此刻成為礦物
明亮的晶體，如今我須
以沉默敘述自身的完美
如同倖存的一枚硫礦

二〇一六年六月二十日
《乾坤詩刊》第八十二期，第七十七頁

輯四 祕密徒然的邊境

途中

我也是那抄經書生
清冷驅馬，桎梏在身孤絕地跑著
暮影在背離鄉已路遠

一座山忽焉在前
漫漫慾望
如霧，淺薄的悟還未展開

我該向誰談論
指尖撩撥不祥的蕉窗夜雨

朗誦迷惑三千大千
世界，千絲萬縷的幻夢
枝枒蔓生天際

我朝前向你
我還要
迷途其中

二〇一八年三月十七日
《中華日報》副刊二〇一八年十一月十一口

*讀《浮城述夢人》「山即是心」廖偉棠訪鍾玲。

石敢當

有如隕石
無心墜地
一句話穩當落成
一座微型的廟宇

你這樣無聲地代替我
抵擋，為我活過
千百次的寂寞

那樣守著
無人拜訪的山林
偶然瞥見的野鷹
亦為之屏息

二〇一一年五月二十四日

燈

鄭愁予〈野店〉：「是誰傳下這詩人的行業／黃昏裡掛起一盞燈。」

燈，是仲夏怒放的繁星
花在雨裡，以肉身去焚我
感傷未竟的詩句

因為一切都晚了。夜
就繪寫自我的影，那重複黑暗
傾頹又興盛的帝國。山的那頭

亦有靈感的微光，除了我，是誰
沒有安睡？是否用筆墨
悄悄製造
　一場迷人的障礙賽
　等誰去追隨？

等誰還能點出
一盞
莊嚴似戲謔，哀戚似狂喜
掛在萬家的窗頭
隨風
亙古搖曳

二〇一七年六月二日
《華文現代詩》第十七期，第一〇一頁

煙塵

咖啡是理解，僥倖是
詩。西蒙波娃在下午三點
做我謹慎的寬念

時而思考的煙塵
存在的魂靈，是不是
懂得了靠近又飄散遠離？

筆端是鴿行步伐
石礫：此刻醒來的夢，觸地未飛

二〇一七年六月二日
《從容文學》第十三期，第三十九頁

尋夢記（湖畔篇）

我奔跑，像在沒有盡頭的路上
竭盡力氣趨近你，末日似在更
遠的區域。換上羽毛的雪靴，
夕陽留長了髮乘風而行，一路
用蘆葦黃了湖泊。

我奔跑，像驕傲遼闊過了天空
想起那夜在冬日慶典的夢，沒
有吃進直覺的愁，但逢人借酒
瘋：「你是最完整的季節。」

我奔跑，像陌生人群都該知道躲避。沿途傳簡訊致上最真誠的謝：「我想收集你的影。」要是你覺得太過煽情，換一種嗜好也可以。

我奔跑，睥睨著雨落入模糊的風景。夜滴純然的黑暗，我願肅容整顏，為你祈天求晴，計數下一個不明的破曉時分……

二〇一〇年二月十二日

誰在宇宙讀詩不下雪

誰與我縱身一跳：
無悔進入星空
永恆如常的軌道運轉？

多少光年的醞釀
咳嗽燃燒，此刻竟有萬人發聲
拉開遼闊的天際線
齊誦銳利無比的閃光

「人生，有如夢中捉兔
霧裡癡傻，晴朗亦魯莽跳躍
只為了成就某瞬
更壯烈的，美的可能。」

誰願在宇宙讀詩不下雪
我用寒冷攜他的手
約定去兌換每日更深刻的甦醒

二〇一五年九月二十二日
《秋水詩刊》第一七六期，第九十一頁

春天的來臨使你過敏

春天的來臨使你過敏
雨使你憂愁，在心裡尋找
一塊狹小未濕的地

作為一隻鴿
低頭啄石擁擠群聚
作為一枚草，不能辨認來世：
聆聽一首未進化的歌
旋律太厲，你不覺得該在此刻醒來

是誰替換了你
手中一把繁星花，竟不能
決定自己的綻放？

明明是入街的晴日
卻迫著流淚，臉都黃了像雨滴
離散。此刻又繼續

是不是，你應撐起傘了

二〇一六年三月八日
《文創達人誌》第五十四期，第一七一頁

我不在那裡我沒有離開

——讀宇文所安《迷樓》

我不在那裡
我沒有離開
因為朦朧太美好
不清醒的日子
像一句咒語
字跡潦草
我總是偏好
朝向若隱若現的小徑
走去，而非選擇
一條道貌岸然的大路

我總是期待
謊言無比強壯
正在那裡
對我一次次
伸出無畏的援手

二〇一四年七月二十日
《葡萄園詩刊》第二一四期，第五十八頁

那短暫的雨，沒有悲傷，我胸口只有輕盈的過敏

把醉意的我還給純淨的世界
如同歸還李白給長江的采石磯
歸還李賀給九點煙塵的齊州
歸還李商隱給巴江的可惜柳

彷彿春季慈善對時間終於撤下蕭索
那短暫的雨，沒有悲傷，我胸口只有輕盈的過敏
我無須清醒：成為你路上的扁舟
每日皆走一賞暗香的小徑
當空為你唧映一枚皓月，摘下

宇宙星塵成字，不再苦思而得無句
我有天空遨遊的藍鯨
我有赤蚪，應奏樂音翩然而去
我有野鶴，或與你再得一酒壺
可否把滂沱的世界再次灌醉
還給清醒的我？

二〇一五年四月十七日
《台客詩刊》第十期，第一〇三頁

樹

終於覓得失憶的大樹

我們平躺下來
不再寫諾言不剪票不回頭
不做手工筆記本也沒有祝賀的可能

歸零的懺悔：讓時間主觀
讓空間從容完成自己

二〇一七年十二月十九日
《創世紀詩雜誌》第一九五期，第七十四頁

遲歸的旅人

靜謐著，收拾
夜途上飄散的殘句
領悟，像一樹櫻花有風領悟
花瓣自由的絮語

相信遠離憂悒的日子
開始了。是時候從容釀造回憶
掠影閃神，該去品嘗晨間和諧的光了

二〇一七年十二月十九日
《創世紀詩雜誌》第一九五期，第七十四頁

重生的力量

離開思念的境國，我棄置
過往蓓蕾綻放的聲音
只願聆聽
蝴蝶鼓動的雙翅

重生的力量
像卸下所有沈重的冬季
憎恨。失溫的咒誓重複著
彼此，只能絕望側身
散逸而去

我不再是消極的風，不再
靜默，坦承罪愆的異鄉人
那沈重的影子
我已擺脫

二〇〇九年二月九日
《文創達人誌》第五十五期，第一七一頁

屬於鹿的明白

今世的膽怯就屬於我
一頭低頭覓食的鹿

即使一滴雨沒有預期的落在肩上
我也如同面臨整個獵季的彈襲

他們知道我的一生時時謹慎
為了守護蹄與角
為了延續傳說與象徵

像一顆星的古老
不承認自己遙遠而祕術軟弱
封閉的系統裡哲學強悍
使我以為說出積極鼓勵的話

雲走後留下黑夜的證據
園牆內的我點草飲水
仍舊無法明瞭那些誤解和印記

二〇一七年八月二十三日
〈中華日報〉副刊二〇一七年十月二十四日

Goodbye Flower

噓！她醉了
朝向荒蕪的時間
擺頭，憧憬歷歷在目
身影在風中滿足，搖曳
光的瞬動

夏天輕聲說：
勿忘我

二〇〇八年十一月三日
《新大陸詩刊》第一六四期，第二十四頁

你守望，你在灰色的路上

月光散後，我們成為最後的祭司
眾生靈已遠去，冷寂的夜
隨潮汐的秩序攀附上岸
撫摸白日的背脊。只留下
松柏蓊鬱，銀雪般的時間為我們
柔軟低首恭侍在兩側

重回祭雨的平臺，舞動半面扇
一張衰老火爐的手：是堅定的歌
是無可迴避的使命。耳邊湧起斑駁的雲

髮絲如狼煙正是我們的歲月漫天了
如果你願留下，得到極致的修煉
彷彿他們倉皇遺留的夢仍完整
尚且能擋風避雨。關於殘破的視野：
莎草、詩的初刻版和暗藏古籍的宅院
你守望，你在灰色的路上仍能溯回
雄偉，聆聽未來可能構築的新城

你寫廢墟風的猖狂，四季曾在枝頭吶喊的結實纍纍
你寫無名歡愉激情的愛，也寫奉獻永恆的淚
成為一枚新夢，你琤琤然響，成為銀雪之外的星球
成為下個國度的傳說

二〇〇九年三月二十三日
《秋水詩刊》第一七六期，第八十八頁

重生

世界震毀之前
在石碑上
我們拓下詩人的靈魂

採風，以和平之名
寄一封情書
朗誦真摯的愛的音韻

盼現先祖永恆的語言
我們的聲音更穩健

夢，得以在
下一個晨曦中重生

二〇〇八年九月七日
《更生日報》副刊二〇一六年七月十八日

The Other Shore

不同的焰
時空的歧異
幾世紀過去了
我仍能
辨認你
不變的燭芯
我可以驅逐冷
捧住你

燃燒
如同你對我
曾經釋放了宇宙

二〇一七年十月六日
《新大陸詩刊》第一六八期，第二十三頁

時間術

我願為神祕的光
拉開雲的距離，成為天空
一道銳利的裁縫線

俐落變換手法，如同
日記裡年輕故意錯漏的字母
在此優雅地老去

顏色是寓意：充滿植栽生長
確定有些眼睛還能高掛黑夜

故事連線成為星座
默默使結論總是被混淆
新的妥協自然而然地形成

二〇一七年六月二十四日
《新大陸詩刊》第一六五期，第二十二頁

空白

雷打了，讓空白
產生神話
雲聚了，你又遮掩童年
的什麼菁華

別去想
沉默的星形跡復古
你去看，我們的確是從宇宙的肚臍
走出了自由

天空接續未說出口的話
你可以不要走
還沒有雨，但我可以留

給我們船和槳
彷彿若有光
下一秒就豁然開朗

二〇一七年三月十五日
《吹鼓吹詩論壇三十號》心想詩成——
許願池專輯，第八十九頁

附錄

賞讀覃子豪〈追求〉

大海中的落日
悲壯得像英雄的感嘆
一顆星追過去
向遙遠的天邊

黑夜的海風
颳起了黃沙
在蒼茫的夜裏
一個健偉的靈魂
跨上了時間的快馬

——覃子豪〈追求〉

烈日若成為了暮陽，即使有再大的抱負，都可能要宣告終止，不得不感到慨嘆惋惜了。就在一日將盡，在那個令攝影師感到眩惑的魔幻時刻裡，詩人看見了英雄的未竟之業。誰能夠延續，去散發光與熱，去溫暖世間的寒冷？想必就是不畏成功遙遠，能懷抱理想，將英雄的悲嘆轉化成力量的人。

即使此刻是如此不快，黑夜竟吹起海風與滾滾黃沙。視線不明，前程充滿重重險阻。然而，詩人仍要記錄這一刻。或許在黑暗中更能顯現光明的力量。英國天文學家阿・安・普羅克特曾說：「夢想一旦被付諸行動，就會變得神聖。」令人擔憂的是，光陰轉瞬即逝，希望亦如是，因此不可蹉跎再消極等待。

誦閱〈追求〉的品詩者，你是那一個健偉的靈魂嗎？讓詩人為你點亮一盞燈，趕緊跨上快馬，去找尋自己的南極星，為夢想定錨，勇敢迎向前去吧！

二〇一七年一月十七日

《海星詩刊》第二十三期，第六十四頁

後記

走出幻境之後……

最初是保羅科爾賀的《牧羊少年奇幻之旅》，接著是艾莉芙．夏法克的《愛的哲學課：雲遊僧與詩人魯米》，近日我則讀赫曼赫塞的《流浪者之歌》。一次次錯綜複雜的誤讀旅程，逐漸形塑成我在文學裡的悟。有時人生際遇巧妙地形成對話，事過境遷之後，才能明白自己究竟是在修什麼學分。

我感覺自己，對世間的情愛還是太過眷戀。這當然是個缺點。雖然曾貪想過，此生之後，決心不要再墮入輪迴。但此刻，我的確還在享受美，不願苦痛白白流逝。想以這樣的執著眼界，甚至抓著寫詩的欲望，來求解脫肯定是不可得的。然而，掙扎之後，透過記錄詩的瞬間，我終得知自己真實的活過。總之，現在還不能緘默，還不是時候。我這樣告訴自己。

還沒有得到具體的結論，但黑暗中有力量，指點我繼續前行朝聖之路。或許可能還需要好幾輩子的修煉，才能真正超脫。不要緊的，再舒坦些，再少些控制病，我知此刻的自己，已經活得更好。凡事都有它的因緣，順其自然就好。

寫下這些詩。就算對別人來說，可能是無足輕重的。但我這輩子有一件想做的事情，寫詩，其實很積極正向。感謝詩，讓我試著領悟一些事，使我感覺自己退後一步，學著示弱，懂得謙卑。退後原來是向前。我喜歡這動作，世界晴朗遼闊。

出版《夢遊幻境：我的隱形花園》後，我認識了許多詩人朋友們。即使在日常生活裡未必見面，保持著君子之交淡如水的關係，但網路互動交流時，卻能見萬分真心。時而讀見與自己相同的共鳴之聲，便能欣喜不已。浩瀚的詩歌海洋裡，我並非孤獨的游著。光是憑此認知，我就還能繼續寫下去。

感謝老師、前輩及文友們：李瑞騰老師、許琇禎老師、涂靜怡大姊、鍾文音老師、顧蕙倩老師、陳政彥學長，詩人劉曉頤、曾琮琇、姚時晴，散文家李時雍。感謝家人：爸媽、毓絢、宥齊、宥希。他們在我創作的路上，給予我鼓勵包容或忍受，使我時常感受愛的力量，能夠致力於創作。

這些年來陪伴我寫作的，是天光未明的清晨，王菲的歌，還有這幾本書：娜塔莉高柏《心靈寫作》、茱莉亞卡麥隆的《創作，是心靈療癒的旅程》、崔思汀蕾納《新日記》。創作，是每一天腳踏實地的生活姿態。印行作品，則是進階的幸福感。我希望能透過出版，認識更多喜歡詩的朋友。
以此書向我最愛的詩人洛夫致敬，我要繼續探索詩文字的美學極致。

二〇一八年五月十八日

我確信那些歧義都指出一個共同的歸處

語言文學類　PG2111　秀詩人44

我愛憂美的睡眠

作　　者 / 陳威宏
責任編輯 / 陳慈蓉
圖文排版 / 林宛榆
封面設計 / 楊廣榕

發 行 人 / 宋政坤
法律顧問 / 毛國樑　律師
出版發行 / 秀威資訊科技股份有限公司
114台北市內湖區瑞光路76巷65號1樓
電話：+886-2-2796-3638　傳真：+886-2-2796-1377
http://www.showwe.com.tw
劃撥帳號 / 19563868　戶名：秀威資訊科技股份有限公司
讀者服務信箱：service@showwe.com.tw
展售門市 / 國家書店（松江門市）
104台北市中山區松江路209號1樓
電話：+886-2-2518-0207　傳真：+886-2-2518-0778
網路訂購 / 秀威網路書店：https://store.showwe.tw
國家網路書店：https://www.govbooks.com.tw

2018年12月　BOD一版
定價：260元

國家圖書館出版品預行編目

我愛憂美的睡眠：陳威宏詩集 / 陳威宏作. -- 一版. --
臺北市：秀威資訊科技, 2018.12
面；　公分. -- (語言文學類；PG2111)(秀詩人；44)
BOD版
ISBN 978-986-326-634-1(平裝)

851.486　　　107019433

讀者回函卡

感謝您購買本書，為提升服務品質，請填妥以下資料，將讀者回函卡直接寄回或傳真本公司，收到您的寶貴意見後，我們會收藏記錄及檢討，謝謝！

如您需要了解本公司最新出版書目、購書優惠或企劃活動，歡迎您上網查詢或下載相關資料：http:// www.showwe.com.tw

您購買的書名：________________________________

出生日期：________年________月________日

學歷：□高中（含）以下　□大專　□研究所（含）以上

職業：□製造業　□金融業　□資訊業　□軍警　□傳播業　□自由業

□服務業　□公務員　□教職　□學生　□家管　□其它______

購書地點：□網路書店　□實體書店　□書展　□郵購　□贈閱　□其他

您從何得知本書的消息？

□網路書店　□實體書店　□網路搜尋　□電子報　□書訊　□雜誌

□傳播媒體　□親友推薦　□網站推薦　□部落格　□其他__________

您對本書的評價：（請填代號　1.非常滿意　2.滿意　3.尚可　4.再改進）

封面設計____　版面編排____　內容____　文／譯筆____　價格____

讀完書後您覺得：

□很有收穫　□有收穫　□收穫不多　□沒收穫

對我們的建議：________________________________

____

____

____

請貼
郵票

11466
台北市内湖區瑞光路 76 巷 65 號 1 樓

秀威資訊科技股份有限公司 收

BOD 數位出版事業部

（請沿線對折寄回，謝謝！）

姓　　名：＿＿＿＿＿＿＿＿　年齡：＿＿＿＿　性別：□女　□男

郵遞區號：□□□□□

地　　址：＿＿＿＿＿＿＿＿＿＿＿＿＿＿＿＿

聯絡電話：(日)＿＿＿＿＿＿＿＿ (夜)＿＿＿＿＿＿＿＿

E-mail：＿＿＿＿＿＿＿＿＿＿＿＿＿＿＿＿